# Ubu Roi

FichesdeLecture.com

# *Ubu Roi*
# (Fiche de lecture)

## I. INTRODUCTION

*Ubu Roi* est un drame en cinq actes et en prose écrit par Alfred Jarry (1873-1907). La pièce est d'abord publiée dans une revue parisienne, *Le Livre d'art* au cours de l'année 1896. Elle paraît ensuite en volume au Mercure de France, la même année, et est jouée en décembre au théâtre de l'Œuvre.

Ubu a connu un tel succès et a tellement passionné son auteur qu'Alfred Jarry lui a consacré plusieurs cycles. Il est vrai que le personnage d'Ubu a connu une grande postérité, puisque son nom même est entré dans le langage courant. En effet, l'adjectif « ubuesque » fait référence à un mélange grotesque de cruauté et de lâcheté ; ce terme existe depuis l'année 1922.

Le nom de la pièce pourrait être inspiré de Sophocle et de sa pièce *Oedipe Roi*. L'œuvre de Jarry est considérée comme avant-gardiste du mouvement surréaliste, mais aussi du théâtre de l'absurde. Elle n'hésite pas, en effet, à introduire des éléments cocasses, d'humour plutôt gras et populaire, ou encore de franche provocation.

## II. RÉSUME DU DRAME

### Acte I

Ubu est un officier et homme de confiance du roi de Pologne, Venceslas. Sa mère a beaucoup d'ambition pour son fils et lui conseille d'assassiner son Roi pour pouvoir prendre sa place. Cela lui permettrait notamment de pouvoir « manger fort souvent de l'andouille », et autres avantages dérisoires…

Lors d'un dîner, Ubu donne de la « merdre » à manger à ses invités. Ensuite, un complot est mis en place : le capitaine Bordure et Ubu passent une alliance pour se débarrasser du roi pendant une revue.

Entre temps, il est nommé comte de Sandomir en récompense de ses services, mais cela ne modifie en rien le projet.

## Acte II

La reine a fait un rêve prémonitoire, ce qui la pousse à demander à son mari Venceslas de ne pas se rendre à la revue. En vain. Comme prévu, il y est assassiné par Bordure et Ubu. La reine quant à elle parvient à prendre la fuite, accompagnée de son fils Bougrelas (ses deux frères ont été tués dans l'assaut). Mais elle meurt d'épuisement dans une grotte et le jeune Bougrelas promet de se venger, après y avoir été encouragé par les ombres de ses ancêtres.

Pendant ce temps, pour fêter son accession au pouvoir, Ubu organise une distribution d'or à la population. En réalité, il fait cela à contrecœur, poussé par sa mère, et il déclare d'ailleurs : « Ca ne m'amusait guère de vous donner de l'argent, mais vous savez, c'est la mère Ubu qui a voulu. Au moins, promettez-moi de bien payer les impôts ».

## Acte III

Ubu n'écoute pas les conseils de sa mère, qui l'incite à rester modéré. Il se débarrasse des nobles, puis des magistrats et des banquiers, et accable la population d'impôts. Sa cruauté n'a plus de limites et elle déclenche des envies de vengeance parmi la population, qui se rallie à Bougrelas. Même le capitaine Bordure en a assez du manque de reconnaissance de son ancien complice. Il part donc en Russie passer une alliance avec Alexis, le Tsar, qui décide alors d'envahir la Pologne pour asseoir Bougrelas sur le trône.

## Acte IV

Bougrelas est désormais à Varsovie d'où, accompagné de ses partisans, il poursuit la mère Ubu, qui a tenté de voler des trésors polonais. Pendant ce temps, l'armée d'Ubu se prépare en Ukraine à affronter les troupes russes. Puis la bataille a lieu, au cours de laquelle la lâcheté de leur chef pousse les soldats d'Ubu à devoir battre en retraite, tandis qu'il se cache dans une caverne.

**Acte V**

C'est dans cette même grotte que la mère d'Ubu surgit, suite à quatre jours de fuite. Elle reconnaît son fils dans l'obscurité et est déterminée à lui donner une leçon. Lorsqu'il se réveille, elle se fait passer pour une image surnaturelle qui lui fait la morale, mais le jour paraît et trahit son mensonge. Elle est alors battue par son fils. Tous deux parviennent ensuite à échapper aux troupes de Bougrelas.

La scène finale les montre, avec leurs compagnons, embarquer sur un navire à destination de la France. Là, le Père Ubu envisage de se faire « nommer maître des finances à Paris ».

# III. PRÉSENTATION DES PERSONNAGES

## Ubu

Le personnage est inspiré d'un professeur de physique de Jarry, Monsieur Hébert. Selon l'auteur en effet, il incarnait le personnage grotesque par excellence.

Également nommé le Père Ubu, l'ancien roi d'Aragon et professeur en pataphysique est aussi un homme de confiance, au départ, du roi de Pologne Venceslas. Il est très influencé par sa mère et assoiffé de profits. Le problème qui se pose à lui est qu'après avoir accablé son peuple, par des épurations, mais aussi de lourds impôts, il provoque la colère populaire et renforce la démarche de Bougrelas et de son ancien allié le Capitaine.

Poursuivi par ses opposants avec l'aide du tsar Alexis, il finit par devoir s'enfuir en France avec sa mère.

## La mère Ubu

Elle aussi vise dès le départ le trône de Pologne, ce qui fait qu'elle pousse son fils à agir en conséquence. Mais ensuite, elle l'incite à se montrer plus modéré dans son avidité, en vain : son fils provoque un soulèvement populaire contre lui. Lorsqu'il est en route vers les troupes russes pour les combattre, la mère Ubu tente de dérober les trésors polonais. Toutefois, Bougrelas parvient à la poursuivre et elle doit s'enfuir avec son fils.

## Venceslas

Roi de Pologne, il est trahi par Bordure et Ubu lors d'une revue, et malgré les avertissements de sa femme la Reine, qui a anticipé son destin lors d'un rêve prémonitoire. Deux de ses fils trouvent la mort dans l'assaut, tandis que le dernier survit et organise la vengeance et la reprise du pouvoir.

## Le Capitaine Bordure

Il est d'abord l'allié d'Ubu, chez qui il dîne au début de la pièce. Mais rapidement convaincu du manque de reconnaissance de ce dernier envers lui, il rejoint les opposants au nouveau Roi, aux côtés d'Alexis.
Il est tué lors d'une bataille entre Polonais et Russes.

## Bougrelas

Il est le seul fils survivant suite à l'assassinat de son père. Alors âgé de quatorze ans, il ménage son attente et sa soif de vengeance et s'allie au tsar et à Bordure.

## Rosemonde

La Reine est l'épouse du roi de Pologne. Elle fait des rêves prémonitoires, ce qui l'incite à avertir son mari Venceslas de la menace qui pèse sur lui s'il se rend à cette revue. Elle meurt quelque temps après l'assassinat de son mari, rongée par la tristesse.

## Alexis Ier

Le Tsar russe a réellement existé. Il était dit le « Tsar très paisible » et a régné sur son pays de 1645 1676.

## La Machine à décerveler

Il est intéressant qu'elle soit créditée comme un personnage à part entière.

## Toute l'armée russe et Toute l'armée polonaise

Bien qu'il s'agisse de groupes génériques, ces deux armées sont créditées en tant que personnages agissant en commun.

# IV. PERSPECTIVES DE LECTURE

## Le mélange des genres

La force de l'œuvre est de savoir mélanger les genres, notamment sur scène.

Par exemple, parmi les metteurs en scène, certains ont privilégié la farce et le côté potache (Guénolé Azerthiope ou Spike Milligan), d'autres se sont focalisés sur les marionnettes…

En fait, la pièce permet d'offrir de nombreuses dimensions, de nombreux registres. En plus de ceux déjà cités, rappelons que nous y trouvons aussi :

-   des éléments de drame romantique (incarné par exemple par la Reine)
-   des éléments tragiques, avec des références directes à Shakespeare, mais aussi à la tragédie antique, puisque nous ne sommes pas loin, à certains moments, d'un *Richard III*.
-   des éléments épiques à travers les batailles entre peuples

## L'efficacité scénique de la pièce

Plusieurs raisons expliquent le succès de la pièce, dont les techniques scéniques et dramatiques très précises et efficaces.

Les thèmes de l'intrigue lui assurent un fonctionnement dramatique qui prend le public dans son jeu : la conquête du pouvoir, l'opposition, les complots, des batailles entre pays et la psychologie d'une famille…

Nous y trouvons aussi des scènes à grand spectacle mêlant à la fois références épiques et guignolesques. De nombreux éléments de caricature renforcent cet aspect dans des scènes telles que la revue de l'armée polonaise dans l'Acte II, ou encore le départ du navire dans le dernier acte.

Jarry utilise aussi des procédés plus propres au classique, puisqu'il fait apparaître la mère Ubu comme un faux spectre dans l'acte V.

Du point de vue du langage, la stupidité du personnage principal vient détourner les mécanismes traditionnels du dialogue psychologique. Ubu en effet ne peut s'inscrire dans un langage commun à tous, car il est totalement en décalage avec l'esprit et le raisonnement de la plupart des êtres humains. Il n'y a que lui pour utiliser « merdre », par exemple, lors du repas de l'Acte I.

De même, Alfred Jarry sait parfaitement utiliser l'argot, le langage parodique des auteurs classiques, ou encore un vocabulaire réaliste qui ne correspond pourtant pas à l'esprit de la pièce.

## Jarry l'avant-gardiste ?

On a souvent présenté Jarry comme étant le précurseur d'un art nouveau basé sur un langage et une parodie en rupture avec la réalité, et donc du théâtre d'avant-garde du Xxe siècle.

En effet, de nombreux critiques ont décelé dans son œuvre des éléments anticipateurs du symbolisme, mais aussi du surréalisme.

## La réutilisation du personnage

Alfred Jarry a réutilisé son personnage et l'a décliné dans plusieurs ouvrages, autrement appelés « cycles »

- Le premier cycle est « Ubu roi »
- Le deuxième cycle est « Ubu cocu »
- Le troisième cycle s'intitule « Ubu enchaîné »
- Le quatrième porte sur « Les Almanachs du Père Ubu illustrés »
- Le cinquième cycle est « Ubu sur la butte »

Enfin, la réutilisation du personnage se clôt avec les « Paralipomènes d'Ubu », qui revient sur la genèse du héros de Jarry.

## Les nombreuses références

L'œuvre de Jarry est peuplée de nombreuses références à des domaines divers et à la littérature.

Par exemple, les blasons utilisés se réfèrent directement à l'art héraldique, c'est-à-dire la science portant sur l'étude des blasons. On trouve aussi de nombreuses références littéraires, telles que des clins d'oeil à Rabelais par les thèmes et les adresses diverses, ainsi qu'à Gogol lors des luttes entre Russes et Polonais.

On peut ajouter à ces derniers éléments des références à Shakespeare puisque *Macbeth* transparaît dès la première scène, lorsque la mère Ubu cherche à convaincre son fils d'assassiner le roi de Pologne.

De même, on peut citer ce passage : « *Adonc le Père Ubu hoscha la poire, dont fut depuis nommé par les Anglois Shakespeare, et avez de lui sous ce nom maintes belles tragœdies par escript* »

## Les problématiques de la représentation

La pièce a varié selon les metteurs en scène et les conceptions d'interprétation.

Mais surtout, on a vu rapidement, dès la fin du XIXe siècle, que la représentation tendait surtout vers une inspiration de type élisabéthaine, c'est-à-dire prônant un refus du réalisme et de la psychologie.

Par conséquent, décor et costumes se doivent de ne pas être conventionnels.

D'ailleurs, Jarry lui-même a donné son avis sur la question, en présentant à travers une série de textes brefs sa vision du théâtre. Il s'y montre particulièrement radical et va jusqu'à publier un texte intitulé « De l'inutilité du théâtre au théâtre » en septembre 1896.

C'est avec ces éléments en tête que l'on peut rappeler les conditions dans lesquelles a eu lieu la première représentation d'*Ubu Roi* :

Nous sommes à Paris le 10 décembre 1896, au théâtre de l'Œuvre. Jarry paraît devant le public pour lui lire un discours d'introduction de son œuvre. Mais il parle tout bas et se révèle quasi inaudible pour les spectateurs. Mais le public entend quand même une partie de ses déclarations : il y annonce que l'intrigue va se dérouler en « Pologne, c'est-à-dire nulle part ». Premières réactions d'agacement dans le public, réactions décuplées lorsque survient le « Merdre » du début de la pièce. Notons d'ailleurs que cette expression célèbre a été inventée par les lycéens de Rennes. Il s'agit d'une épenthèse, c'est-à-dire d'une modification phonétique utilisée ici comme un trait d'humour.

C'est donc un scandale dès la première représentation, mais il est important de souligner que déjà, lors de la répétition générale, les amis de Jarry avaient réagi à ses provocations...

# Dans la même collection en numérique

Les Misérables
Le messager d'Athènes
Candide
L'Etranger
Rhinocéros
Antigone
Le père Goriot
La Peste
Balzac et la petite tailleuse chinoise
Le Roi Arthur
L'Avare
Pierre et Jean
L'Homme qui a séduit le soleil
Alcools
L'Affaire Caïus
La gloire de mon père
L'Ordinatueur
Le médecin malgré lui
La rivière à l'envers - Tomek
Le Journal d'Anne Frank
Le monde perdu
Le royaume de Kensuké
Un Sac De Billes
Baby-sitter blues
Le fantôme de maître Guillemin
Trois contes
Kamo, l'agence Babel
Le Garçon en pyjama rayé
Les Contemplations

Escadrille 80

Inconnu à cette adresse

La controverse de Valladolid

Les Vilains petits canards

Une partie de campagne

Cahier d'un retour au pays natal

Dora Bruder

L'Enfant et la rivière

Moderato Cantabile

Alice au pays des merveilles

Le faucon déniché

Une vie

Chronique des Indiens Guayaki

Je voudrais que quelqu'un m'attende quelque part

La nuit de Valognes

Œdipe

Disparition Programmée

Education européenne

L'auberge rouge

L'Illiade

Le voyage de Monsieur Perrichon

Lucrèce Borgia

Paul et Virginie

Ursule Mirouët

Discours sur les fondements de l'inégalité

L'adversaire

La petite Fadette

La prochaine fois

Le blé en herbe

Le Mystère de la Chambre Jaune

Les Hauts des Hurlevent

Les perses

Mondo et autres histoires

Vingt mille lieues sous les mers

99 francs

Arria Marcella

Chante Luna

*Emile, ou de l'éducation*

*Histoires extraordinaires*

*L'homme invisible*

*La bibliothécaire*

*La cicatrice*

*La croix des pauvres*

*La fille du capitaine*

*Le Crime de l'Orient-Express*

*Le Faucon malté*

*Le hussard sur le toit*

*Le Livre dont vous êtes la victime*

*Les cinq écus de Bretagne*

*No pasarán, le jeu*

*Quand j'avais cinq ans je m'ai tué*

*Si tu veux être mon amie*

*Tristan et Iseult*

*Une bouteille dans la mer de Gaza*

*Cent ans de solitude*

*Contes à l'envers*

*Contes et nouvelles en vers*

*Dalva*

*Jean de Florette*

*L'homme qui voulait être heureux*

*L'île mystérieuse*

*La Dame aux camélias*

*La petite sirène*

*La planète des singes*

*La Religieuse*

*1984 A l'Ouest rien de nouveau*

*Aliocha*

*Andromaque*

*Au bonheur des dames*

*Bel ami*

*Bérénice*

*Caligula*

*Cannibale*

*Carmen*

*Chronique d'une mort annoncée*
*Contes des frères Grimm*
*Cyrano de Bergerac*
*Des souris et des hommes*
*Deux ans de vacances*
*Dom Juan*
*Electre*
*En attendant Godot*
*Enfance*
*Eugénie Grandet*
*Fahrenheit 451*
*Fin de partie*
*Frankenstein*
*Gargantua*
*Germinal*
*Hamlet*
*Horace*
*Huis Clos*
*Jacques le fataliste*
*Jane Eyre*
*Knock*
*L'homme qui rit*
*La Bête humaine*
*La Cantatrice Chauve*
*La chartreuse de Parme*
*La cousine Bette*
*La Curée*
*La Farce de Maitre Pathelin*
*La ferme des animaux*
*La guerre de Troie n'aura pas lieu*
*La leçon*
*La Machine Infernale*
*La métamorphose*
*La mort du roi Tsongor*
*La nuit des temps*
*La nuit du renard*
*La Parure*

*La peau de chagrin*
*La Petite Fille de Monsieur Linh*
*La Photo qui tue*
*La Plage d'Ostende*
*La princesse de Clèves*
*La promesse de l'aube*
*La Vénus d'Ille*
*La vie devant soi*
*L'alchimiste*
*L'Amant*
*L'Ami retrouvé*
*L'appel de la forêt*
*L'assassin habite au 21*
*L'assommoir*
*L'attentat*
*L'attrape-coeurs*
*Le Bal*
*Le Barbier de Séville*
*Le Bourgeois Gentilhomme*
*Le Capitaine Fracasse*
*Le chat noir*
*Le chien des Baskerville*
*Le Cid*
*Le Colonel Chabert*
*Le Comte de Monte-Cristo*
*Le dernier jour d'un condamné*
*Le diable au corps*
*Le Grand Meaulnes*
*Le Grand Troupeau*
*Le Horla*
*Le jeu de l'amour et du hasard*
*Le Joueur d'échecs*
*Le Lion*
*Le liseur*
*Le malade imaginaire*
*Le Mariage de Figaro*
*Le meilleur des mondes*

*Le Monde comme il va*

*Le Parfum*

*Le Passeur*

*Le Petit Prince*

*Le pianiste*

*Le Prince*

*Le Roman de la momie*

*Le Roman de Renart*

*Le Rouge et le Noir*

*Le Soleil des Scortas*

*Le Tartuffe*

*Le vieux qui lisait des romans d'amour*

*L'Ecole des Femmes*

*L'Ecume Des Jours*

*Les Bonnes*

*Les Caprices de Marianne*

*Les cerfs-volants de Kaboul*

*Les contes de la Bécasse*

*Les dix petits nègres*

*Les femmes savantes*

*Les fourberies de Scapin*

*Les Justes*

*Les Lettres Persanes*

*Les liaisons dangereuses*

*Les Métamorphoses*

*Les Mouches*

*Les Trois mousquetaires*

*L'étrange cas du Dr Jekyll et de Mr Hyde*

*L'Ile Au Trésor*

*L'île des esclaves*

*L'illusion comique*

*L'Ingénu*

*L'Odyssée*

*L'Ombre du vent*

*Lorenzaccio*

*Madame Bovary*

*Manon Lescaut*

*Micromégas*
*Mon ami Frédéric*
*Mon bel oranger*
*Nana*
*Ne tirez pas sur l'oiseau moqueur*
*Notre-Dame de Paris*
*Oliver twist*
*On ne badine pas avec l'amour*
*Oscar et la dame rose*
*Pantagruel*
*Le Misanthrope*
*Perceval ou le conte du Graal*
*Phèdre*
*Ravage*
*Roméo et Juliette*
*Ruy Blas*
*Sa Majesté des Mouches*
*Si c'est un homme*
*Stupeur et tremblements*
*Supplément au voyage de Bougainville*
*Tanguy*
*Thérèse Desqueyroux*
*Thérèse Raquin*
*Ubu Roi*
*Un Barrage contre le Pacifique*
*Un long dimanche de fiançailles*
*Un secret*
*Vendredi ou la vie sauvage*
*Vipère au poing*
*Voyage au bout de la nuit*
*Voyage au centre de la terre*
*Yvain ou le Chevalier au lion*
*Zadig*

# À propos de la collection

La série FichesdeLecture.com offre des contenus éducatifs aux étudiants et aux professeurs tels que : des résumés, des analyses littéraires, des questionnaires et des commentaires sur la littérature moderne et classique. Nos documents sont prévus comme des compléments à la lecture des oeuvres originales et aide les étudiants à comprendre la littérature.

Fondé en 2001, notre site FichesdeLectures.com s'est développé très rapidement et propose désormais plus de 2500 documents directement téléchargeables en ligne, devenant ainsi le premier site d'analyses littéraires en ligne de langue française.

FichesdeLecture est partenaire du Ministère de l'Education du Luxembourg depuis 2009.

Plus d'informations sur www.fichesdelecture.com

**Notes :**